新しい文明の話
人類が22世紀にも存続し続けているために

横地 義正

風詠社

目次

Prologue　5

地球の生命史　7

人類の文明と未曽有の環境変化　13

環境問題とは何か　17

19 世紀 20 世紀型の文明は行き詰まった　21

次のフィールド　25

新しい文明　29

地球生命のフロンティア　45

イヌワシの眼とアリの足　49

Prologue

人類の歴史は 21 世紀で終わる。

このままでは。

私は一介の建築士にすぎません。研究者でも哲学者でもないので、これは単に私という人間の目から見た一つの視点でしかありません。環境問題にも関心を持ちながら「100年もつ住宅を」と言って住宅の設計を続けてきた私は、様々な情報に触れるうちに、次第に内側に一つの危機感が膨れ上がっていきました。

　住宅は100年もっても、人類の方がもたないかもしれない。100年後、そこに住んでいる人間がいないかもしれない……。人類による地球環境の破壊は右肩上がりに、それも単純な直線ではなく、二次、三次曲線を描いて急速に上昇角度を上げています。もはや「エコを心がけ」たり「地球にやさしく」などという言葉でどうにかなる状況ではない。と思うのです。

　新しい文明が必要だ ─── という言葉が私の頭の中に浮かびました。

　これは、そんな私の視点から見た一つの風景です。これを、路傍の石に標(しるし)を刻むようにして「本」という紙のメディアにしておこうと思います。この標(しるし)を見かけたら、あなた自身の頭で解読し、人類が22世紀にも地球生命圏に存続している「新しい文明」の形を想像してみてほしいのです。すべては「想像」するところから始まります。

地球の生命史

もし神が生命を作り給うたなら
かけた言葉はただ一つ

生きよ

だったに違いない。

地球上に生命が誕生してから約 35 億年。人類が現れてから 20 万年ほどになります。原初の生命は細胞膜と核だけを持つ単細胞生物でした。その時代が長く続きます。最初の大きな変化は植物性細胞の光合成によって放出された酸素が増えだしたことです。当時の原始細胞（原核細胞）にとって酸素は猛毒でした。その環境の激変の中で、この猛毒の酸素を取り込んで大きなエネルギーを生み出し、活発に活動する細胞が現れました。それは動きの不活発な原核細胞に襲いかかり、それを捕食して栄養源としました。不活発な細胞は活発な新しい細胞のなすがままに、喰われ続けていました。

　しかしある時、襲いに来た活発な細胞を不活発な細胞は内部に取り込んでしまい、栄養を与えて共生関係に入ります。襲われていたものが襲いに来たものを包み込んでしまったのです。これが生命の持つダイナミズムです。

　包み込まれた活発な細胞はミトコンドリアと呼ばれるものになり、２つの異質が融合した生命体は新たな可能性を手にします。現在私たちが目にする生物のほとんどの祖先となる真核細胞の誕生です。

　それは多細胞化への道を歩み始め、やがて複雑な器官を持つ多様な生物に分化してゆきます。動物系には神経が現れ、それらがまとまった脊髄、さらには脳が出来上がり、体全体をコントロールするようになります。それを人間は「進化」と呼んでいました

が、どうやらそうではなさそうです。なぜなら、今もアメーバのような原始の細胞が生き続けており、酸素が毒であるような嫌気性細胞もまた多数地球上に生息しています。生物は「進化」したのではなく「多様化」したのです。

　よく勘違いされるのですが、自然界の掟は「弱肉強食」ではなく「適者生存」です。35億年の間、驚くほど多種多様な生物が現れ、消えていったのは適者生存という掟の中で「生命そのもの」が生き延びてゆく戦略であったように思います。

　こんな話があります。

　人類とチンパンジーとゴリラは同じ祖先から分化したのだそうです。チンパンジーは食物となる木の実も豊富で、肉食獣にも襲われにくい樹上での生活を選択しました。そうした環境は有限ですから、テリトリーを作り、そこに別のグループを寄せ付けないよう戦うことで群れの食料エリアを守る、という生存戦略をとったのです。ですから、チンパンジーには鋭い牙があります。

　一方、木から降ろされたゴリラと人類のうち、ゴリラは森の中での生活を選びました。雑食になり、樹上よりは肉食獣に襲われるリスクが増えることに対応するため、多産になり、強い筋力をつけ、肉食獣が襲いにくい状況を作って家族を守りました。これがゴリラの生存戦略です。

　森にもいられなくなった人類の祖先は、森の端から食料を求めて恐る恐る最も危険の高い草原へと出てゆきました。あるいはこ

のタイプは「好奇心」が強かったのかもしれません。人類はゴリラよりもさらに多産になり、ほぼ10か月で連続して妊娠できる体になりました。そしてメスに求愛するために、より多くの食物を運べるよう前足を使うことで二足歩行になった‥‥‥というのが最近の学説のようです。二足歩行が人類の脳を発達させました。同時に人類は「社会」を作り、弱者を守ることで「遺伝子の多様性」を確保しました。

　これが人類の生存戦略でした。「遺伝子の多様性を護る」という戦略が自然界の掟に最も適したものだったことは、現在の人類の繁栄が証明していると思います。膂力も弱く、エサも探せない「役立たず」でも守り続けた結果、その者が運んでいた遺伝子があるとき覚醒し、火や道具を使う、という発見に至ったのだろうと想像できます。

　こうして生き残った人類の祖先は他の生物にはないきわめて大きな脳を持ち、自己を認識し、思考するようになりました。実は、人類の誕生は地球生命史の上で大きな変化なのです。なぜなら、「我は何者であるか？」という「意識」は、地球生命史上、人類の誕生によって初めてもたらされたからです。

　さて、ここに一つの疑問があります。

　ヒトという種だけを生存させるためにしてはあまりにも過剰と思われるこの「意識」は、何のためのものでしょう。なぜ、地球生命は多様化の末、こんな生物種を生み出したのでしょうか？

ひょっとしたらこの「意識」は人類だけのものではなく、地球生命が人類という種を通して初めて持つに至った「自己認識力」なのだとは考えられないでしょうか。そうであるならば、人類というのは、新しい可能性を求めて地球生命が次のフィールドへと送り出した最先端の生命体なのかもしれないのです。

人類の文明と未曽有の環境変化

文明は
どこへ行くのだろう？

さて、その「意識」を基に人類は文明を作り上げてきました。火を用い、道具を使い、社会を築いて弱者を守ることで遺伝子の多様性を確保してきました。この多様性の確保が人類を繁栄させる要因になったことは先に述べたとおりです。極寒の地から灼熱の砂漠まで、今や人類の生息地は広範囲で、その数は他の大型動物を圧倒するほどです。ここまでは人類が「適者」であったということなのでしょう。

　しかし、人類の繁栄は別の問題を引き起こし始めました。かつて植物細胞が猛毒の酸素を増やして環境を激変させてしまったように、人類の活動が地球の環境を激変させつつあるのです。それも、地球の生物史上未曾有の数百年という短さで。

　人類の数は多すぎるのか？

　これは違うようです。地球上で最も量的に多い生物は、植物と菌類です。動物はわずか数％に過ぎず、人類はさらにその中の一部です。植物が排出する酸素を消費し、CO_2に還元するために動物が必要になった———という説もあると聞きます。人類を単純な体積として計算すると、私の住む岐阜市にある小さな山の体積とほぼ同じになると岐阜大学の先生が教えてくださいました。「人間1人の体重を50kgと仮定して、比重は水とほぼ同じですから、簡単な算数ですよ」と彼は言います。（私は別のちょっとイヤな光景を連想してしまいましたが）地球の大きさ、植物や菌類の体積に比べたら微々たるものでしかないそうです。

でもその時、聞きそびれてしまったことがありました。「単位体積あたりが消費する不可逆的環境変化の量はどうなのか？」ということです。それに70億という人口を掛け算したらどういうことになっているでしょう。これは「体積」ほど簡単に計算できないでしょうが、おそらく凄まじい数値が出るのではないでしょうか。
　それが、数百年という短期間での環境の激変を生み出したのだと私は思います。現在、その変化はさらに加速しています。
　この急激な変化についてこられる生物は単細胞生物やウイルス、そして世代交代の早い小さな生物の類を除けばほとんどないと言っていいでしょう。人間やそれを支える生態系の大多数の生物はこの急激な変化についてゆけないはずです。
　環境と人類の関係を見るに、産業革命以前の人類の活動は、いわば「文明の幼年期」です。その活動は地球の自然環境の大きさに比べて十分に小さく、その中に抱かれ、ただその恵みに甘えてさえいればいい時代でした。
　しかし、産業革命からこっちは違います。「少年期」と言っていいでしょう。「意識」によって新たな力を手にした人類は、わがまま放題に資源を食いつぶし、環境中に毒をまき散らし、発展する権利が人類だけにあると勘違いしてしまいました。
　その結果が現代の環境問題です。現在起こっている環境問題はきわめて深刻です。地域的な「公害」とは次元の違う話です。地球規模の環境変化は、私たちがこれまでと同じことを続けること

はもはやできないことを示しています。だからこそ「新しい文明」へと脱皮しなければなりません。生き延びたいのなら人類は「成年期」へと成長し、私たちの環境と生態系に責任を負わなければならないと思います。

環境問題とは何か

地球は
やさしくしてほしいなんて
思っていない。

2016年、世界気象機関の発表によれば、地球の平均気温が産業革命以前に比べ、1.2度上昇したそうです。「平均気温」が１度上昇するというのはとんでもないことです。

　気温の平均です。

　水は蓄熱体です。海洋の水に蓄えられた膨大な熱量は大気の中にあるそれとは桁違いのはずです。このままいけば、21世紀末には平均気温は６度も上昇するとさえ言われています。現在の人間とそれを取り巻く生態系がついていける温度変化ではありません。異常気象や生態系の変化がすでに起こっています。

　CO_2 やメタンのような温室効果ガスの濃度———その微妙なバランスの上に現在の生物が生息できる環境があります。これが目に見えるほど変わってしまえば生物相が変わってしまう、ということは学者でなくても容易に想像できます。パリ協定は発効しましたが、それはとりあえず今「国家」と呼ばれる単位の指導層が地球温暖化を「人類の脅威」と認識するコンセンサスを得た、というにすぎないのです。具体的な行動はまだ、「省エネはビジネスチャンスになる」といった程度のものでしかありません。

　温暖化だけが環境問題ではありません。自然界にはありえなかった化学物質が人類の活動の中で放出され、分解もされず、生物の感覚や機能を狂わせています。場合によっては CO_2 削減を名目に新たな有害物質を環境中に放出するようなことさえ起こっています。

海洋にはプラスチックごみが大量に漂い、太平洋の真ん中に微細なプラスチック粒がスープのようになって浮かんだ広大な海域が存在するという報告も出てきています。そこでは小さなプランクトンが多数のプラスチック粒を体内に取り込んだ状態で漂っているそうです。それらは食物連鎖を通じてより大きな生物にも取り込まれてゆきます。2050年には海洋プラスチックの量は魚の量を超えると言われています。

　これで生態系がまともでいられるはずがありません。現在の生態系が崩れるということは、人類の足元の地盤が崩れるということです。どんな立派な建築（文明）を築いても、地盤が崩れてはどうにもなりません。

　環境問題とは、つまるところ「資源の収奪問題」と「ゴミ問題」なのです。その「量」と「質」の問題なのです。

　量の少なかった時代には、人類は好きなだけ取って好きなだけ捨てていても地球環境はそれを呑み込むだけの余力がありました。ゴミが生態系の中で循環する物質であった時代には特に気を遣う必要もなく、幼い人類はその腕の中で甘えていればよかったのです。しかし、今はそうはいきません。人類の活動は数百年で環境を激変させるほどに大きくなってしまったのです。現代はそれがさらに加速しています。

　よく「地球にやさしく」などという言葉を聞きますが、これは錯覚からくる驕りです。自然界の掟は「適者生存」です。35億

年の間、幾たびもの環境の激変にみまわれた地球生命は「適者生存」によって耐え、生き延びてきました。それを担保するために「多様性」を生存戦略としてきたのです。どのような過酷な環境が訪れようと、必ず対応できる生物種が存在する。それが「多様性」という生存戦略です。これからもそうでしょう。環境がどのように変化しようとも、生命そのものは必ず生き延びてゆく。それは間違いないと思います。ただこのまま人類が20世紀までと同じことをやり続けるなら、人類とそれを支える生態系の生物たちが「適者」ではなくなる———というだけのことなのです。やさしくしてもらわなければ致命的なのは私たちの方なのです。

　これが環境問題の本質です。人類は与えられたその大きな脳で「量のコントロール」と「質の選択」を学ばなければなりません。それができなければ、私たちは地球生命の失敗作として切り捨てられることになります。

19 世紀 20 世紀型の文明は行き詰まった

私たちはもう子どもではない。

日本列島において縄文時代は約1万4千年続きます。採集狩猟生活で、食べ物が乏しく貧しい暮らしだった、というイメージを持っている人もいるかもしれませんが、最近の研究では意外に豊かな暮らしだったようです。豊かだったから1万4千年もあまり変わらない暮らしを続けたのかもしれません。3万年ほど前からは現生人類ですから、脳自体は現代人とさほど変わらない機能を備えていたはずです。たぶんその時代の人類には「変わる必要性」がなかったのではないでしょうか。

　道具の使用が最初の変化なら、次の大きな変化は農業と家畜の導入でしょう。「文明が変わる」とは、意識が変わること、と私は捉えています。

　その意味で3度目の大きな文明の変化は、18世紀後半にイギリスから始まった産業革命です。これが19世紀20世紀の「意識」をつくりました。それまで自然というものを畏怖していた人間は、ここへきて「自然は科学の力で征服できる」と考えるようになり、それこそが人類の進歩である、という強い目標意識を持つようになります。そして実際、20世紀中盤までこの方向性でうまくやってくることができたように見えます。少数の眉をひそめる人たちはいましたが、科学文明の進歩と経済発展は人々を豊かにしたように見えました。その文明の慣性が21世紀初頭の今もまだ続いています。

　しかし、20世紀末あたりから、この文明の問題点がはっきり

してきました。環境問題です。地球の資源にも環境の復元力にも限界があるのです。世界は少数の先進国と大多数の発展途上国に分断されてしまいましたが、「グローバル経済の発展が途上国の人々も豊かにする」というのがもはや幻想でしかないことは完全に明らかです。もし、世界中の人が日本人と同じ暮らしを始めたら、地球が２個あっても足りないそうです。

　もちろん地球は２個ありませんから、彼らを「途上国」と呼ぶなら、日本は「没落予定国」でなければ帳尻が合いません。しかも、日本を含むすべての「先進国」が没落したとしても、現在の「途上国」の住民のすべてが今の日本人のような暮らしができるようになるわけでもありません。この論理はとうに破たんしているのです。

　19世紀20世紀型の文明は完全に行き詰まっています。だからといって、私たちは縄文時代に戻ることができるわけではありません。それは、大人が子どもに戻ろうとするようなものです。

次のフィールド

生命は生き延びてゆく。

新たな可能性を求めて。

かつて地球の腕の中に抱かれていた人類は、今やその環境さえも変えてしまえる力を手にしました。人類はその力を封印して、おとなしく幼児のように地球環境の腕の中に戻るべきなのでしょうか？

　答えはＮＯです。科学技術という手段と意識を手にしてしまった現代人に、たぶんそれは無理です。試しにあなた自身を当事者として考えてみてください。縄文時代の人間の平均寿命は30歳くらいだったそうです。江戸時代で50歳くらいです。科学技術の発達した現代日本の平均寿命は80歳を超えています。漫画もアニメもジャズもロックもあります。それらのすべてを捨てて縄文時代に戻りたいですか？

　過去に戻る必要はありません。今までになかった文明を築くことが人類には求められていると考えるべきです。人類の「意識」が地球生命の「意識」でもあるなら、その直接的な執行者である人類にとって、地球生命が豊かに生き残っていくための新たな「文明」を築くことは人類に課せられた使命である、とは考えられないでしょうか。

　たしかに今は人類の愚かな活動によって地球環境は危機に陥りつつあり、多くの生命種が短期間（ここで言う「短期間」は数百年の単位）のうちに絶滅しつつあります。しかし、私はそれでも人類を「地球生命にとっての癌」などとは思いません。

　なぜなら、人類に単に種としての生存に必要と思われる以上の

「意識」が備えられたのは、地球生命全体にとっての新たなフィールドを開くための試行錯誤の一つなのだと考えるからです。人類は地球生命体のチャレンジャーなのです。そう考えて託された使命を果たしていくことが、人類が生き残ってゆく道なのだと思うのです。

次のフィールドでは、人類の英知は人類のみではなく、それを取り巻く生態系をより豊かにし、可能性を広げるために使われなければならないと思うのです。

期待されている可能性として私が思いつく例は、地球の生命環境の安定化や宇宙への進出です。宇宙空間や他の惑星への移住は「人類が」というよりは「地球生命」が、種子を飛ばすように地球外に広がってゆくことです。そう考えれば、人類が生み出した科学技術ですら「生命の営み」の一部であるのかもしれません。

新しい文明

想像したことは現実になる。

これまでの文明は「自然環境から資源を収奪する」だけのものでした。それが成立しえたのは、人類の活動が地球の自然環境に対して量的に十分小さかったからです。しかし現代は違います。特に20世紀に入ってから、人類が食いつぶす資源の量や排出するゴミの量は人類の生存環境そのものを脅かすほどになってしまいました。この文明をこのまま続けていくことが不可能なのは誰の目にも明らかです。

　新しい文明が必要です。私たちは今、文明の転換点＝フロンティアにいるのです。その具体的形はまだ見えません。しかし、そのイメージを描くことはできるはずです。それは確実に目の前までやってきています。

　想像することです。

　想像力は次のフィールドを開く鍵です。以下に、私が想像する新しい文明の姿をおぼろげではあっても描いてみようと思います。想像を広げるのはひとりひとりの自由です。新しい文明を出現させてゆく作業は、どこかの専門家が少数でやるような仕事ではなく、人類全体で取り組んでゆく仕事です。向かうべき先のイメージなくしては、最初の1歩すら踏み出せません。目標も見えないままやみくもに歩き回れば遭難するだけです。

　お手本はすでに自然界の中に存在しています。私たちはただ、それを見つけ出しさえすればいいのです。

① 技術

　21世紀、技術における最大のテーマは資源・エネルギー問題とゴミ問題です。これらを具体的に解決する技術を生み出すことが、技術者や科学者には求められています。個々の技術、そして技術全体の体系を組みなおしてゆく作業が必要になってきます。

　資源・エネルギー問題もゴミ問題も、基本的には「量」の問題です。新たなエネルギー資源を開発すればいい、といった単純な話ではありません。宇宙太陽光発電（宇宙空間に浮かんだソーラー衛星で発電し、そのエネルギーをレーザーで地上に送る）とか、月や火星から資源を地球に持ち込む、といった発想は19世紀20世紀型の古い発想です。なぜなら、そこには「そのようなことをすれば、地球全体のエネルギー収支バランスを崩してしまう」という視点が抜けているからです。地球の質量に比べればそれはごくわずかに見えるかもしれませんが、勘違いしてはいけません。地球生命圏は地殻と成層圏の間のきわめて薄い膜のようなスペースの中にだけあるのです。その中での非常にデリケートなバランスの上に成り立っているのが現実なのです。

　だからこそ地球で利用するエネルギーや資源は、地球生命圏の収支バランスを崩さない範囲の中で行うことを前提とした技術でなければならないのです。

　発生させた巨大な熱の6割がたを捨てて残りを電力に変え、それを遠方に運んで再び機械で熱に変えて利用する———そんな無

駄だらけの技術は新しい文明では評価されません。いかに少量の資源で高い効果を得、捨てる部分を減らして環境負荷を抑えながら人間のQOLを高められるか———が技術の評価基準となります。

　それは、いずれ人類が宇宙へと進出していく時にも、そのコロニーで利用できる技術になります。

　経済との関係で「コスパ」が求められたように、有限な地球環境との関係で新たな評価基準を表す言葉が生まれるでしょう。

② ＡＩ

　環境問題と並んで次の文明の大きな構成要素となるのがＡＩです。ＡＩの技術的進歩は驚くほどの速さで進んでいます。近い将来、ＡＩは人間社会にとってなくてはならないものになるでしょう。今はまだ興味本位で「こんなに人間に近づいた」と言って面白がっていられると思いますが、そう遠くない将来に、人間と同じように思考し、感情表現までするＡＩと、人間はどう向き合えばいいのか、といった問題に直面することになると思います。さらに、レイ・カーツワイル氏の言うような「クラウドＡＩ」といった話になればコトはもっと厄介です。この点については、ここでは多くは触れません。哲学や政治の話とも絡んでくると思います。

　一つ指摘しておきたいのは、ＡＩもまた他の科学技術と同様に大きな「地球生命の営み」の一つであるということです。ＡＩが「意識」を持つということは、それが人類に取って代わるのか、それとも手をたずさえて「地球生命圏」の豊かさを護るようになるのか、注視する必要はあると思います。開発の過程はその行き先を左右する可能性があります。

　ところで私が疑問に思うのは、ＡＩが人間と共存する社会が実現するとして、そのエネルギーはどこからくるのか？ ということです。人間もその知的活動をするには生体を維持するエネルギーが必要です。当然ですが、ＡＩもエネルギーがなければ動き

ません。それは人間と取り合いになるのでしょうか？ それとも「棲み分け」ができるのでしょうか？

　ＡＩの開発に取り組んでいる技術者の方々は、その点についてどう考えておられるのでしょうか。目の前のＡＩ技術に夢中になるあまり、「その子」の将来について考えることを忘れてしまっていませんか？

　現在、地球上では２割の人が飢えに苦しんでいます。彼らを飢えから救出し、なおかつ、ＡＩに与えるエネルギーとは、どこにどのような形であるのでしょう。もし、限られた裕福な人だけがＡＩを利用し、そのためのエネルギーを独占するだけのことになってしまったら、人類の貧困や飢えはさらに拡大してしまうでしょう。それは別の形で文明を崩壊させます。それでは20世紀までの文明の延長線上でしかありません。

　かつて、蒸気機関を発明した人は「地球の温暖化」などという環境問題は思いもしなかったことでしょう。核エネルギーを発見した人は、ヒロシマの惨劇など想像だにしなかったに違いありません。それと同じことをしていては、19世紀20世紀型の文明となんら変わるところがありません。新しい文明においては「技術」はそれのみで考えられるのではなく、それが環境や人間社会の中にどのように組み込まれてどんな役割を持って機能してゆくのか、そのシステムデザインも同時に行われなければならないものになるはずです。

③ 経済と経済学

　19世紀20世紀型の経済学は「モノの豊かさ（多さ）」と「金融システム」を大きな柱として発展してきたと私は思います。ただ、ここに決定的に抜け落ちている要素があります。それが「環境」です。これまでの経済学では、人間の活動とお金の関係については様々な理論が打ち立てられましたが、資源や環境は自然界から無限に供給されるものとしてあつかわれてきました。いわば、自然はタダだったのです。ですからこれまでの経済学では、理論上は「経済」は無限に成長できるものとしてあつかわれてしまっているわけです。今でも「経済成長」が絶対善として語られ続けています。

　しかし地球は1つしかなく、人類が生存できる環境条件はさらに狭いのです。我々の経済活動による負荷がそれを上回ってしまった時、「絶滅」という判決がガイアから下されることはほぼ確実と考えていいと思います。ですから21世紀には、この「環境」という要素を加えた新しい経済学が必要になるのです。

　環境も資源も有限であり、天井があることが前提となった新しい経済学が新しい文明における経済活動のベースとなります。その経済学は、これまでのように無限成長を前提としなければ回らない理論ではなく、「天井の下」で回り続けることのできる理論を持っているはずです。

④ 政治

　私は政治についてはあまりイメージができていません。ただ、これは私独自の捉え方ですが、ここまでの「政治」の流れは大きく次のようなものであったと思います。

　単なる調整と分配（原始社会）→ 統治者のための支配システム（古代から近世まで）→ 統治される者のためのシステム（人権意識の芽生えた現代）

　21世紀にはこれに加えて「人類を取り巻く生態系全体の考慮」というテーマが必要になってきます。それをしなければ70億の人類が生きていく地盤である「環境」が壊れてしまうからです。人類は単独の種で「人類」なのではなく、それを支える生態系全体で一つの単位なのです。「人類生態系」とでも呼べばいいのでしょうか。それが今、足元から崩れ始めているのですから、その修復と維持は政治の重要なテーマとなるはずです。

　新しい文明のもとでの政治体制とは、どんなものなのでしょう。少なくともそれは「多様性」を保証しているはずです。それが人類の生存戦略であり、生命体の生存戦略なのですから、政治もまたそれを反映したものでなければ早晩崩壊すると私は思うのです。

⑤ 文化

　新しい文明の基礎となる哲学も必要になります。すでにその芽はあちこちにあるような気がしますが、少なくともそれは人間のみを対象にした思考ではなく、「地球環境」という要素を含んだものになるはずです。

　芸術の分野はすでに一部、新しいフィールドに入りつつあるように見えます。若者の文化は常に時代を先取りします。ジャパニメーションと呼ばれる日本の漫画やアニメの世界的な広がりは、ただ単にそれがかっこいいからとか、きれいだからということだけではなく、多くの若者がその奥に新しい文明への萌芽が宿されていることを感覚的に感じ取っているからではないかと思うのです。それは、日本という地域に古代から続く伝統的感性の「現代的表出」と私の目には映ります。

　例えば、日本文化の「和」とは、異質で多様なものを排除せず、それらに居場所を与え、調和させる文化です。「調和」であって「統一」ではないのです。これは自然界の持つ多様性を映し出すような文化です。里山という文化もまた、根を同じくしているように思います。

　物に魂が宿る。あるいは自然界のあらゆるものに神が宿る。という感覚は世界各地のネイティブの文化の中に普遍的に息づいているアニミズムの感性です。それは近代文明への流れの中で一時的に否定されてきましたが、今また「環境」という意識の中で新

たな意味を持ち始めています。面白いのは日本文化の中では、その感性と最先端の科学技術とが同時に受け入れられてしまっていて何の矛盾も感じられていないということです。これもまた「和」の文化ではないかと私は思います。アーム型の工場用ロボットに名前をつけて毎朝挨拶しているような心性は、ひょっとしたら新しい文明へとつながる何かを持っているかもしれません。

　新しい文明の社会では、伝統的な文化は大切にされているはずです。なぜなら、伝統文化もまた風雪に耐えて持続してきた「多様性」の一つであり、そこから学べることはとても多いからです。伝統文化は決して同じことを延々と繰り返してきたわけではなく、核心部分を守りながらも時代に合わせて変化してきたから「伝統」という形で生き残ってきたのです。「生きる」とは「変化すること」と言うこともできるでしょう。ですから、生きているもの＝伝統文化を破壊するような文明は持続力を持たないのです。

　文化の先生は常に自然界です。世界各地の民族文化の「色」を見てみると最もわかりやすいでしょう。民族衣装や伝統的民芸品の色は、必ずと言っていいほどその地域の自然の中にある色でできています。このことの持つ意味が、新たに評価され直す必要があると思います。

⑥ 暮らし

　新しい文明のもとにおいて、人々の暮らしは基本的に豊かであるはずです。それは物質的な豊かさとは少し違います。一人の人間が必要とする物資はそれほど多くはありません。問題は精神的な充足の方です。それへの飢餓感がモノの過剰な貪りを生むのです。

　たぶん、今の「先進国」の住民のような自堕落な生活は少なくなり、あえて時間をかけてひと手間かける生活の豊かさを享受する———そんな暮らしが文化として定着するのではないでしょうか。自然界と自分がつながっているという実感は、「豊かさ」の必要条件として認識されているだろうと思います。一度は失いかけた自然は、再び私たちの肌に触れるところにまで戻ってくるでしょう。

　暮らしに必要なインフラのスケールがヒューマンスケールに戻ってくると思います。巨大システムにぶら下がっていなければ生活できない、といった暮らしではなく、個人に手の届くスケールで暮らしに必要な食料や水やエネルギーを一定量まかなえるようなシステムが主役になります。大きなシステムはそれらをネットワークでつなぎ、補完するという役割に変化してゆきます。自給自足の新世代版というところでしょうか。こういったシステムは災害にも強いインフラとなります。それ以外の方法では、とてものこと、資源消費を抑えながら人間生活のQOLを上げること

など無理です。

　もちろん安定だけではなく、イノベーションの力を生み出すには適度な飢餓感も必要です。安定だけでは停滞し、変化のスピードが速すぎれば歪みは修復できないほど大きくなってしまいます。そのバランスが個人レベルだけでなく、社会システムとしても必要という認識が共有されてくるはずです。これも「量のコントロール」です。様々な新しいシステムが考案され、試行錯誤される中で人々は暮らすことになるでしょう。

　今、世界中に横たわる問題の解決は簡単ではありませんが、多くの人が今よりも豊かさを実感できるようになると思います。

　もう一つ特筆すべきことは、生活のスタイルが多種類になるということです。20世紀には西欧型の生活スタイル（先進国の生活スタイル）に追いつくことが人間の幸せである、といった直線的な価値観で「豊かさ」を追求しようとして失敗しました。「豊かさ」とは多様性であることが認識された新しい文明では、人々の生活は実に多様なものになるはずです。それは「異質」を認め、それぞれが踏み込んでいい限界をわきまえた暮らし方でもあります。それが有限な環境の中で暮らしてゆく知恵であるはずだからです。

　最低限の共通言語、共通ルール、そして境界ルールが必要でしょう。同時に、その境界を個人の意思で越えることを保証する社会制度がないと、苦痛だけの世界になってしまうとも思いま

す。

　もう少し具体的な私のイメージを提示してしまうと、異なった価値観やライフスタイルのコロニーが併存する社会です。それぞれのライフスタイルに干渉しないという境界ルールが存在し、コロニー同士の協議や交渉のための共通言語や共通ルールが存在します。それはまた「国家」とは別の線引きと考えていいと思います。政治システムとも密接に関係します。異質な価値観の利害調整のシステムが必要です。また、そのシステム（政府？）は、個人が価値観を変えて別のコロニーへ移動する自由を保障していなければならないはずです。

　流動的でありながら、境界は間違いなく存在し、内部システムを守りながらも常に外に対して開かれている・・・そう、ちょうど細胞と細胞膜のように、です。

⑦ 限界量

　新しい文明の中で重要な役割を果たすものとして、「限界量」という概念を提示しておきたいと思います。

　モノにもコトにも、それが「質」を変えてしまう量の限界が存在します。乗り物のスピードが自転車の速度を超えると人は時間を失い始めるのだそうです。スピードに限らず、あらゆる物事には「限界量」が存在し、たとえ技術的に可能であって連続的に続いているように見えても、その量を超えると「意味」や「質」が変わってしまう、という点があります。

　塩は人間にとって必須のミネラルですが、とり過ぎれば健康を害し、時には死に至ることさえあります。薬と毒の分岐点———それがこの場合の「限界量」です。

　もう少し別の例で説明してみます。人間1人では、それを集団とは呼びません。2人でもまだ集団ではありません。なぜなら2人では「関係」が1つしかありませんから、これは「集団」にはなりません。3人になると関係は一気に3つに増えます。ここで初めて「集団」に変質します。これが人間関係における最初の限界量です。次に7〜8人というところに一つの区切りがあると思います。このくらいまでがなんとなくまとまった集団として動ける限界量です。これを超えると内部対立が生まれますが、14〜15人くらいまでは集団として一体感を持って行動できます。このあたりの人数までですと自然発生的にリーダー役の人が出てきま

すが、それはまだ状況や場面によって入れ替わることがあります。ここを超えると、まとめるためのリーダーの選定が必要になります。そのリーダーの能力にもよりますが、リーダーが集団内の一人一人を認識して緊密な関係性を持てるのが、30人くらいまででしょう。それ以上になると「統治組織」が必要になります。統治組織の形態もいくつかの限界量の壁を超えるたびに変化してゆかなければならなくなります。仕事や教育、また老人ホームなどの福祉の現場で、システムを組む際に考えてみてはどうでしょう。

　もちろん、上に書いたことはデータを集めた研究結果ではなく、私の経験則による直感的な解析です。今後、様々な角度からの検証は必要と思いますが、最初は直感的なもので試行錯誤してゆけばいいと思います。

　「お金」についても見てみます。無限の「成長」を前提に営まれてきた経済活動は、実体経済の10倍とも言われる投機マネー経済を生み出し、その「お金」が表現するものは私たちが日常生活で「お金」によって表現しているものとは完全に別物になってしまいました。限界量を超えてしまったのです。そのことへの抵抗から生まれたのが「地域通貨」であると私は思っています。「新しい経済学」として私が期待するものには、この限界量の概念が含まれているはずです。

　あらゆる分野で、「量」が「質」を変えるということを、もっと真剣に考慮すべきだと思います。どのくらいの量で何が変質す

るのか、多くの分野で研究されるべきだと思います。環境問題は、様々な人間の活動がこの「限界量」を超えてしまったことから起こっていると私は考えています。環境問題を乗り越えるには「限界量」の概念が不可欠です。

　それぞれの分野で丁寧に見ていくと、物事の変質を招くこの「限界量」は、現在一般的に人々が考えているよりはるかに小さなところにあるのではないかと思っています。限界量を超えたらシステムを変える、ということが必要だろうと私は考えています。そのシステムデザインがうまくいけば、現在起こっている環境問題を乗り越えて新しい文明を築くことができるはずです。

地球生命のフロンティア

顔を上げて。
私たちは最前列にいるのだから。

私たちは今、新たなフロンティアにいます。私たちとは人類のことです。私たちは地球生命全体から託された使命を負ってそこにいます。

　実は「意識」は人間だけではなく、植物や他の動物にもそれらしきものが存在していることが最近の科学ではわかってきました。つまり、それは生命そのものの中に内包していた。と考えてもいいのだと思います。ならば、それは非連続ではなく、連続的なものとして人類の知性にまで至っていると考えられます。人類によって初めて獲得された「意識」とは、自己と世界を認識し、その成り立ちと意味を探求しようとする「知性」なのだと私は思います。それが様々な環境に適応するための技術を生み出し、人類の繁栄をもたらしたと言えます。

　しかしその発展は、同時に「技術によって無限の自由を手に入れられる」という勘違いを生んでしまいました。それが19世紀・20世紀型の文明です。そして、地球環境問題という問題を抱え込むことになりました。この過ちはただちに改められるべきですし、それができる能力を私たちは持っているはずです。

　私たちの知性が、ただ単におのれの欲望を満たすための武器などという矮小なものではないことを、私たち自身で証明しなくてはなりません。私たちが「適者」であることを証明できなければ、私たちは地球生命圏からの退場を余儀なくされます。

　私はできると考えています。

人類はそれほど愚かではない、と。必ず意識変革を成し遂げて、新しい文明を築くことができる———と。人類は地球生命の失敗作ではないと証明できると思っています。

　まずは、新しい意識で一歩を踏み出しましょう。旧文明の中に留まっていたら、その先には生命全体からの「解雇通告」が待っているだけです。目指すべき方向の答えはすでに自然界の中にあります。私たちはずっと、自然界から「文明」を学んできました。これからもそうあるべきです。自然は「征服するもの」ではなく、無限の「先生」です。

　私たちが目指すべき新しい文明の姿を思い描いてください。自然界が「人類」を生み出した以上、それだけの能力が私たちの中には備わっているはずです。

イヌワシの眼とアリの足

初めの一歩だ。
それほど遠い旅ではないはずさ。

さて、最後にもう一度、日々の暮らしの中に視点を戻してみます。自分が今、仕事の中で、暮らしの中で、新しい文明に向かうために具体的には何をするのかを考えてみてください。

私の場合、住宅の設計者ですから、施主さんと暮らし方についての打ち合わせをしながら、デザインを「新しい文明」の方向に進めていくことです。

デザインは、素材、生産手段、機能、コスト、フォルム（形）の5つの要素から成り立っています。デザインとは、この5つの要素をすべて計画し、有機的につなぎ合わせ、バランスをとって最後のフォルム（形）として表現するアートと産業の中間のような仕事です。ですから私がこの先やるべきことは、5つの要素を「新しい文明」に向かうように組み替えていくという作業になります。すでに始めていることもあれば、まだ手つかずのこともあります。

新しい文明において住宅はどんな形をしているでしょうか。素材は？　生産手段は？　機能は？　そしてコストは？　いったい何に対する「コスト」として考えればいいでしょうか。50年後、その住宅で、今の施主さんの次の世代はどんな暮らしをしているでしょうか。考えるべきことは山のようにあります。

それにしても50年後の暮らしなんて、具体的に想像しろと言われたら頭の中が真っ白になってしまいます。だいたい50年前に、指先でスワイプしたら欲しい情報にすぐアクセスできる1セ

ンチにも満たない「板」を皆が持っている暮らし・・・なんて誰が想像したでしょう。具体的に仕事に取り入れようとすると、とたんに呆然と立ち止まってしまいそうです。

　しかし「生命」という大きな流れの本質を見てみれば、それはおぼろげでも形のようなものをとり始めるような気がします。たぶんそれは「こうあるべき」といったような「正解」ではなく、驚くほど多様な可能性を持ったものであるはずです。

　私個人は、できることから一歩一歩確実に行くべき方向に歩みたいと思っています。具体的には、自然素材の最適な利用法やエネルギー利用の無駄を省く技術などを追求するとともに、15年ほど前からあるデザイン手法を着想し、試行錯誤しながら取り組みを続けています。それは「統一感による美」という意識から解放されることから始まりました。自然界は多様性の美でできています。人工的なお花畑ではなく、自然の野原や森のように多様な要素がそれぞれの論理で存在していながら、なおかつ美しく調和し始めるバランス点がいくつも存在するはずだという考え方に基づいています。（連続的にではなく、複数の『点』です）その「量のバランス点」を見つけることができれば、多様な要素を拒むことなく受け入れてなお美しく豊かな空間をつくることができるはず———というものです。そして今、どうやらこのデザイン手法は新しい文明の考え方に沿ったものではないかと思っているところです。

もう一つ具体例を紹介します。私たちは「木づくりの家の会」という小さな会を作って活動しています。これは、伝統の技術を持つ高いレベルの職人と施主が集まって「仲間」として良い家づくりをしようという会です。この会の会員の一人である佐藤棟梁が、10年かけて「現場から出るゴミを限りなくゼロにする」という取り組みを達成しました。佐藤棟梁の現場には、ふつう置いてあるはずのゴミ用のカーゴがありません。木材を丸太で買い付け、自分の目で見て賃挽きしてもらい、2年寝かせてから刻みにかかります。使う素材は土に還るものばかり。小さな端材に至るまで工夫して「内装素材」にしてしまいます。今の住宅づくりの主流である「製品を買ってきて取り付けるだけ」をやめることで、梱包材などのゴミもなくしてしまったのです。一見、時代に逆行しているように見えるかもしれませんが、私にはこれは「新しい文明」に向けた新しい動きに映ります。もちろん、施主さんの理解がなければできることではありません。施主と職人が一体になって初めてできる取り組みです。

　「地球環境問題」だからといって、なにも大きなことを始める必要はありません。自分にできることからでかまわないのです。ただ、どこへ向かえばいいのか、だけをしっかり見据えていれば。

　一人一人が新しい文明のイメージを持って、日々の仕事の取り組み方や暮らし方を少しずつでも変えてゆけば、やがて次のフィールドの姿がおぼろげでも現れてくるでしょう。それは「エ

コを心がける」といった意識とは根本から違うものです。この小さな冊子を最後まで読んでいただいた方には、わかっていただけるのではないでしょうか。

　私たちはイヌワシの眼を持って、アリの足で確実に地面を歩かなくてはならないのだと思います。一人一人のアリの歩みは小さくてもイヌワシの眼を持ってさえいれば、それはやがて大きな行列となって目指すべき新しい文明に向かうことができるはずです。

　その行列の「量」が、ある限界量を超えたとき、世界は劇的に変わるはずです。

新しい文明の話　―人類が 22 世紀にも存続し続けているために―

2017 年 11 月 28 日　第 1 刷発行

著　者　　横地義正
発行人　　大杉　剛
発行所　　株式会社 風詠社
　　　　　〒 553-0001　大阪市福島区海老江 5-2-7
　　　　　　　　　　　ニュー野田阪神ビル 4 階
　　　　　Tel 06（6136）8657　http://fueisha.com/
発売元　　株式会社 星雲社
　　　　　〒 112-0005 東京都文京区水道 1-3-30
　　　　　Tel 03（3868）3275
　　　　　©Yoshimasa Yokochi 2017, Printed in Japan.
　　　　　ISBN978-4-434-24017-1 C0095

乱丁・落丁本は風詠社宛にお送りください。お取り替えいたします。